法国当代经典戏剧名作系列·科尔泰斯专辑
Bernard-Marie Koltès · Théâtre complet

孤寂在棉田

Dans la solitude des champs de coton

[法] 贝尔纳-玛丽·科尔泰斯 著
Bernard-Marie Koltès

宁春艳 译
Ning Chunyan

中国传媒大学出版社
·北京·

图书在版编目(CIP)数据

孤寂在棉田/(法)贝尔纳-玛丽·科尔泰斯著;宁春艳译. ——北京:中国传媒大学出版社,2019.9(2020.2重印)
(法国当代经典戏剧名作系列. 科尔泰斯专辑)
ISBN 978-7-5657-2539-5

Ⅰ. ①孤… Ⅱ. ①贝… ②宁… Ⅲ. ①话剧—剧本—法国—现代 Ⅳ. ①I565.35

中国版本图书馆 CIP 数据核字(2019)第 187665 号

copyright© 1986 by Les Editions de Minuit
ISBN:2-7073-1103-0
本书法文版曾于 1986 年由 Les Editions de Minuit 出版。
本书简体中文版专有出版权由 Les Editions de Minuit 授予中国传媒大学出版社在全球销售。未经出版社书面许可,任何人不得以任何形式抄袭、复制或节录本书中的任何部分。
北京市版权局著作权合同登记图字:01-2019-5799

孤寂在棉田
GUJI ZAIMIANTIAN

著　　者	[法]贝尔纳-玛丽·科尔泰斯
译　　者	宁春艳
策　　划	张　旭　吴　磊　陈　默
责任编辑	王　硕
特约编辑	陈　默
封面设计	风得信设计·阿东
责任印制	李志鹏

出版发行	中国传媒大学出版社
社　　址	北京市朝阳区定福庄东街 1 号　邮编:100024
电　　话	86-10-65450528　65450532　传真:65779405
网　　址	http://cucp.cuc.edu.cn
经　　销	全国新华书店
印　　刷	北京玺诚印务有限公司
开　　本	850mm×1168mm　1/32
印　　张	黑白 3.25　彩色 0.375
字　　数	42 千字
版　　次	2019 年 9 月第 1 版
印　　次	2020 年 2 月第 2 次印刷
书　　号	ISBN 978-7-5657-2539-5/I·2539　　定价　39.00 元

版权所有　　翻印必究　　印装错误　　负责调换

法国剧作家贝尔纳－玛丽·科尔泰斯 1983 年在纽约①

---

① 感谢剧作家官网 http://www.bernardmariekoltes.com 友情提供图片© Elsa Ruiz。

当代法国戏剧巨匠的首次
"完整"体现

——"科尔泰斯戏剧专辑"序

在经过将近 3 年的准备之后,"科尔泰斯戏剧专辑"即将付梓问世。此事虽然谋划已久,但却一直止步不前。3 年前,在宁春艳教授的大力推动之下,终于扫除了所有障碍,进展得十分顺利。如今,样稿就在眼前,心中涟漪不断,难以平静。宁教授热情邀请本人为这一专辑写序,对于这样一件美事,自然乐于从命。

科尔泰斯是法国当代戏剧界的一位标志性人物,有人曾将他与 20 世纪初另一位伟大的法国诗人、剧作家克洛代尔相提并论。两位剧坛巨匠,恰好一首一尾地组成了 20 世纪法国戏剧史上一个炫目的美丽光环。然而,一个不争的事实却是,与克洛代尔相比,科尔泰斯的名字在中国依然鲜为人知。虽然,早在20世纪90年代,笔者就曾将其人其剧"摆渡"①到中国,但无奈科尔泰斯"生不逢时"。其时中国的戏剧舞台正遭遇一股寒流,连自己的剧作家与剧作都难以顾及,更何况一个在当时几乎默默无闻的法国人?然而,鉴于科尔泰斯在法国以及其他欧美国家的影响力与日俱增,笔者并不气馁,依然孜孜不倦地进行研究,并在学术期刊上发表论文,算是对这位英年早逝的伟大剧作家的一种纪念。尽管如此,笔者的心愿远远没有了却,笔者不仅不满足于对科尔泰斯的介绍停留在纸上,还期待有朝一日有人能够将其搬上中国舞台,而更大的愿望则是能够将他的全部剧作译成中文,让更多的中国读者,尤其是中国的剧作家能够真正接触、了解

---

① 法国导演克洛德·雷奇(Claud Régy)自称为戏剧的"摆渡人",笔者在此借用。

和认识这位风格独特的法国剧作家。唯有这样，对科尔泰斯戏剧的认识才算是完整的。

不难读出，笔者这里所谓的完整，含有双重意思：一是把科尔泰斯的所有剧本都全文翻译出版，二是在舞台上能够见到"活生生"的科氏作品演出。虽然早在1994年科尔泰斯的《黑人与狗之战》就由笔者介绍给了国人，但由于那时是被收录在《当代世界名家剧作》这本并不太厚、由上海戏剧学院原院长荣广润教授主编的介绍各国著名剧作家作品的集子之中，因此只有短短的一个场面。自此之后，将全剧译成中文就成为笔者心中难以实现的奢望，而将其搬上舞台更是难以企及。然而，令人意想不到的是，2012年底梦想成真的机遇竟然神奇般地出现了。在笔者并不知晓的情形下，上海戏剧学院导演专业研究生赵穆同学读完了《黑人与狗之战》的节选内容之后，竟然产生了将全剧搬上舞台作为其毕业作品的念头。于是，在她的催促之下，笔者忙里偷闲，终于将全剧"完整"地译成了中文。经过几个月的排练,《黑人与狗之战》终于在次年的5月第一次"完整"地呈现在中国观众面前。笔者还记得演出是在上海戏剧学院红楼的黑匣子里进行的,观众席被安排在进门的西侧,而不是通常的南侧。演区也按照剧情的要求被布置成非洲的场景,演员们表演得相当认真。严格地说,此次演出并没有完全将原剧内在的精神表达出来,但年轻学子们敢于碰这样的"硬骨头",其精神值得我们充分地肯定与赞扬。只不过,就真正意义的"完整"而言,这还只是相对完整的一部剧作而已,科氏全部作品的"完整"还远没有实现。

2011年5月,在时任院长韩生教授的大力支持下,上海戏剧学院外国戏剧研究中心正式成立,策划翻译和出版外国当代优秀戏剧作品是其主要任务之一。事实上,从成立至今,中心已经先后出版了英国、美国、瑞典、西班牙、拉美各国以及非洲等国家和地区的多位剧作家的作品。

笔者长期从事法国当代戏剧研究，自然十分渴望能够早日实现"完整"出版科尔泰斯戏剧集的愿望。然而，好几次想通过法国友人与科氏戏剧作品版权拥有者协商，竟然都由于种种原因而与其擦肩而过，一直没有获得明确的答复。十分凑巧的是，三年前上海戏剧学院从法国引进的"东方学者"宁春艳教授在笔者办公室偶然聊起了她的翻译科氏剧作的计划，我便将自己多年谋求版权而不得的故事说给她听。谁知她听后不以为然，表示自己与版权拥有者——科尔泰斯的兄长弗朗索瓦十分熟悉，版权应该不是一个问题。宁春艳教授原籍西安，先后在中国传媒大学和中央戏剧学院求学，之后赴法国深造，获巴黎第八大学博士学位。与我辈不同的是，宁教授并非单纯的理论型专家，而是实践与理论并重、有着丰富的表导演经验的多栖通才。十多年前，她应中国传媒大学邀请回母校担任表导演教授，其间除了正常的教学之外，还将许多精力花在了中法文化的交流工作之上。她不仅先后请到了诸如梅斯基氏、J-P.温泽尔这样的法国戏剧界重量级人物,在国家话剧院等舞台上搬演了多部法国当代作品,而且在"中法文化之春"这一如今已经在中国有着广泛影响的艺术节中扮演着十分重要的角色。除了这些文化和艺术交流活动之外,宁春艳教授的另一项值得称道的功绩,便是翻译了一系列当代法国剧作家的作品,其中包括里博、V.诺瓦里纳这样在当今法国舞台上响当当的人物的代表作。之所以值得称道,是因为其中有些作品虽然在法国影响很大,但要翻译成中文却相当困难。宁教授不仅敢于啃硬骨头,而且还十分出色地完成了任务。也正是由于她的这些优异表现,五年前笔者向学校推荐她申报上海市"东方学者",十分顺利地就获得了通过,而她这些年在上海戏剧学院的表现应该说是可圈可点。尤其是这一科尔泰斯剧作的"完整"翻译与出版项目的完成,充分体现了她的组织执行能力。

无论从哪个方面来看,"科尔泰斯戏剧专辑"的出版都是中法文化交流史上值得记住的一件大事。法国当代优秀剧作家不少,但是作品得以译成中文的已属凤毛麟角,像科尔泰斯这样能够出版中文全集的,恐怕更是属于破天荒的情况。除了科尔泰斯本人是20世纪最伟大的法国剧作家这一点之外,本戏剧专辑作为名副其实的中法合作之果实同样值得大书特书。本专辑从策划到翻译、出版,自始至终都贯穿着两国元素与合作精神,而宁春艳教授作为一位热衷于两国戏剧交流的法籍华人本身便是两国文化交流与融合的化身。当然,还得提一笔的是,如果没有上海戏剧学院(尤其是科研处)与中国传媒大学出版社的大力支持,这种交流与合作也是很难实现的。

随着"科尔泰斯戏剧专辑"的问世,这位法国剧坛巨匠的作品将第一次得到"完整"呈现。笔者深信,有了这一良好的基础,势必有助于推动国人研究和搬演科尔泰斯戏剧,从而使其戏剧获得第二次"完整",也是真正意义上的"完整"。唯有这样,科尔泰斯及其所代表的法国当代戏剧才会在中国真正产生影响,并对中国当代戏剧的发展有所帮助。正如习主席指出的那样,文明因交流而多彩,文明因互鉴而丰富。中法戏剧一定会通过科尔泰斯戏剧在中国的出版与演出得到更多的交流与互鉴机会,并因此变得更加丰富与多彩。

宫宝荣 博士
上海戏剧学院教授、外国戏剧研究中心主任
法国艺术与文学骑士勋章获得者
2019 年 7 月 19 日于上戏仲彝楼

编者按——代序

"我爱你！同志,同志"

贝尔纳-玛丽·科尔泰斯(Bernard-Marie Koltès,1948—1989)像一颗璀璨的流星划过法国当代戏剧的天空,从剧作家自己认定成熟的于1977年问世的第一个剧本《森林正前夜》,到他去世前半年完成的最后一个剧本《罗贝托·祖科》,短短11年,仅7部剧作、1部短剧和1部未完成的作品,便构成了一个何等纯净、简朴、深邃和绚丽的戏剧世界！他的剧作被西方公认为当代戏剧的一座丰碑！现在,我们将这套科尔泰斯戏剧专辑(7本书,共收录了9部剧作)奉献给读者。

科尔泰斯是法国当代戏剧界的骄傲,他属于

全世界。有50多个国家上演过科氏的戏剧,他的剧作被翻译成30多种语言[1],居法国当代剧作家作品"出口榜"之遥遥领先的首位。他不幸英年早逝,41岁的人生太过短暂,幸运的是,法国甚至世界戏剧界同仁从来没有忘记他,有关科氏的专著的出版、论文的发表、学术研讨会的召开在欧美从未间断过。1999年,为纪念他逝世10周年,剧作家的家乡——法国东部城市梅兹举办了"科尔泰斯戏剧国际研讨会"。2002年,梅兹又举办了第二届科氏戏剧国际研讨会,每届的专家发言都会结集出版发行。另外,令人欣慰的是,"科研"之热不只是在作家离世后,科氏生前便已见过其戏剧作品演出的盛况。因为他的"独家"导演是法国著名戏剧、歌剧和电影导演帕特里斯·谢侯(Patrice Chéreau,1944—2013)。可以说,科-谢的剧作家和导演的完美搭档,造就

---

[1] UBERSFELD A. Bernard-Marie Koltès[M]. Arles:Actes-Sud,2001:193-194.

了《黑人与狗之战》《西岸》《回归沙漠》等科氏戏剧文本之谢氏"舞台书写"的辉煌，成为20世纪80年代法国戏剧舞台上的一道灿烂风景。谢侯三次"操刀"将科氏的《孤寂在棉田》搬上法国舞台，最后一次是在科氏去世6年后的1995年；为了纪念他的亲密伙伴，谢侯除了担任导演外，还登台主演了两个主角中的商贩，造就了法国当代戏剧演出的经典佳话。法国《世界报》在1987年该戏首演于法国南特杏林国家剧院时，就曾预言"科尔泰斯的《孤寂在棉田》将会和贝克特的《等待戈多》一样重要"[①]！

法国著名学者安娜·于贝斯菲尔德(Anne Ubersfeld, 1918—2010)把科氏的戏剧语言与拉辛的悲剧相比，法国日常派戏剧代表米歇尔·维纳威尔(Michel Vinaver, 1927年生)甚至将科氏与莎士比亚、马里沃、缪塞、毕希纳、克莱斯特相

---

① 参见《世界报》1987年11月23日刊登的剧评家柯莱特·戈达尔(Colette Godard)的文章。

提并论。阅读本专辑中的剧本时不难发现,科氏对语言的精雕细琢继承了18世纪喜剧大师马里沃的文学精神,而他笔下的戏剧人物也确有莎士比亚式的风范。瑞士著名导演吕克·邦迪(Luc Bondy,1948—2015)1988年执导的莎剧《冬天的故事》在法国首演时,他特别约请科氏完成剧本的法语译本,这恐怕很难说是一种巧合。德国当代著名剧作家海纳·穆勒(Heiner Müller,1929—1995)和许多德国观众一样是科氏的忠实粉丝,他认为科氏戏剧的现代性和张力是兰波和福克纳的完美结合。

科尔泰斯属于全球,也属于全人类。在他的7部大作中,有2部的世界首演是在法国以外进行的。一部是《黑人与狗之战》,1982年底在纽约百老汇的一个剧场首演;另一部则是他的绝唱——《罗贝托·祖科》,1990年4月在剧作家去世1周年时,德国著名导演彼得·斯坦因(Peter Stein,1937年生)执导了该剧,德国演员以德语将该戏的世界首演搬上了柏林邵宾纳剧院的舞台。这很正常,因为科尔泰斯的戏剧没有国界,他描写的是20世纪现代人的共性:欲望与爱恨、孤寂与恐惧、对生命的探求与对亡者的哀挽……

科氏20岁就背包到美国旅行,从纽约到拉丁美洲再到非洲,最后又回到欧洲。他喜欢与他人相遇、感受异域的文化,酷爱非洲的原始古老文化,还迷恋功夫片中李小龙的亚洲英雄形象。旅行的见闻成为他创作的灵感源泉,其写作的活力来自他深厚的人道主义情怀,就像科氏第一个剧本中的台词所说的"我爱你!同志,同志"。其兄长弗朗索瓦·科尔泰斯在纪念他时说:"他挎着人们的胳膊、亲近得像兄弟一样,以至于到死都在用笔精准地还原他所遇见和理解的人道主义情怀。"[1]我们从科氏剧作中能看到白人、黑人,阿拉伯人、拉丁美洲人甚至亚洲人的形象,科氏

---

[1] François Koltès[J]. revue littéraire mensuelle Europe, 1997(11-12):10.

曾对朋友说:"(我)有三个兄弟,一个阿拉伯人、一个塞内加尔人、一个中国人……我每写一部戏,都会想着他们。他们是我一直梦想的兄弟,而且,我经常是为他们写作的。"① 他憧憬着世界各民族兄弟手拉着手的场景,实现多元文化的交融是这位伟大剧作家的美好理想。在《森林正前夜》里,他通过剧中人这样描绘他的人文蓝图:"我要告诉你的主意就是:一个世界范围的工会——这特别重要,世界范围(我会给你解释的,就我自己,也挺难明白这一切的)但不是政治,只是自卫,我呢,我生性就会自卫,因此呢,我会全力以赴,我将是那实干的人,我的国际工会是为保卫那些软弱的哥们儿,那些娘胎里生来就满面神经质的小子们。"他的作品中表现的大多是边缘群体里的小人物,是难以融入主流社会环境的异族或底层的另类人物。也许,正是因为他强烈

---

① UBERSFELD A. Bernard-Marie Koltès[M]. Arles: Actes-Sud, 2001:147.

地感觉到了这些人在现实生活中很少被关注,所以才在其戏剧舞台上把他们放到聚光的中心位置。

科尔泰斯剧作中经常出现黑人角色,但演出制作方通常都不能遵守剧本提示而选用白人演员来扮演,类似的事情在科氏生前和去世后都有发生,甚至科氏及其维权者的坚硬态度还导致了不小的风波。1988年《回归沙漠》在德国汉堡演出时,剧中的阿拉伯人和黑人角色都是由白人化妆后扮演的,科氏对此表示了强烈的不满。① 另外,2007年法兰西喜剧院在演出该戏时,出现了同样的问题,因为该剧院从1680年成立至今都不曾有签约的黑人或阿拉伯人演员。科氏的兄长在首轮演出进行时终止了对这家法国头号权威剧院后续演出该剧的授权!此事令法国舆论界一片哗然。由此足见科尔泰斯痛恨种族歧视、

---

① KOLTÈS B M. Une part de ma vie[M]. Paris:Minuit, 1999:140-141.

捍卫文化平等的坚定理念。对他来说,"做戏是世界上最没用的事情,正因如此,我们才渴望做得完美。其他唯一有意义的事情,就是应该到非洲,去救助那里的人"①。他的兄长为完成他的遗愿,在他去世后成立了专门的机构,定期将因科氏剧作版权获得的大部分资金用于扶持非洲的贫困地区,而这却鲜为人知。兄长弗朗索瓦像剧作家弟弟贝尔纳一样,做事低调,从不张扬。这件事还是我今年年初与法国戏剧导演米歇尔·迪蒂姆(Michel Didym,1958年生)参加一次访谈时,偶然得知的。

迪蒂姆1999年在巴黎城市剧院导演了科氏的第二部戏(按其创作顺序)《萨蓝热》,该剧在1977年和1978年在里昂新剧院演出后,就很少再被搬上法国戏剧舞台,恐怕是科氏剧作中"点击率"最低的一部戏。这或许是因为它是对美国

---

① UBERSFELD A. Bernard-Marie Koltès [M]. Arles: Actes-Sud, 2001:192.

作家塞林格文学作品的自由改编,人们误以为它是"美式"的而非十足的法国科氏剧。其实不然,我在翻译该剧的过程中,很难感觉到塞林格的影子,除了剧情是以越战前夕的美国社会为大背景之外,全剧是纯粹的法国科氏戏剧风格!还有一个有力的说明:《萨蓝热》是科氏剧目中首先被巴黎高等师范大学列入高考题目的(2000—2001年)。[1] 这个例子看似是戏剧的题外话,但巴黎高等师范大学是法国首屈一指的名牌精英大学,其入学考试题目的选择标准绝非一般,这也从侧面印证了维纳威尔所说的,科氏戏剧是"既可搬演又具独立完整阅读性的戏剧文学剧本"[2]。另外,除了剧本外,科氏在短暂的创作生命里还写了两篇小说。当代剧作家中能凭借写小说被称为作家的,在法国不多,在世界其他国家也一样。这

---

[1] MAÏSETTI A. Bernard-Marie Koltès[M]. Paris: Minuit, 2018: 131.
[2] VINAVER M. Koltès[J]. Alternatives théâtrales, 1990(11): 35-36.

是当代剧作家的一种局限。

迪蒂姆是法国当代戏剧导演中的科氏专家，国内观众对他应该并不陌生，2016年春，他曾带着自己执导的作为中法文化之春艺术节大戏的莫里哀的《无病呻吟》在中国巡演，2017年又在北京应邀改编、创作、执导了鲁迅名作《阿Q正传》。他导演的两部作品给中国观众留下了深刻的印象，而他第一次来华则是因为科尔泰斯的戏剧。那是2005年9月，他作为法国夏季风艺术节的总监，受组织法国文化年活动的法国政府机构委派，来北京推广法国当代戏剧，这也是夏季风艺术节的一贯宗旨。迪蒂姆选择的是科氏的第一部剧作《森林正前夜》，这是一个独角戏，相比于有8个角色的《萨蓝热》，编排起来难度更小。中方接待迪蒂姆的是人艺的林兆华戏剧工作室的人员，林兆华导演时任北京大学戏剧研究所所长。和迪蒂姆一起应邀来华的还有法国日常派戏剧著名剧作家、导演让-保罗·温泽尔

(Jean-Paul Wenzel，1947年生），我受法方和林兆华导演的委托，为两位法国戏剧家做翻译及助理。温泽尔和科氏是斯特拉斯堡国立剧院及戏剧学院的师兄弟，迪蒂姆是晚辈，也是该学院毕业的，温泽尔是他就读时的老师。温泽尔被林兆华请到了北京大学为戏剧研究所的学生开办工作坊，迪蒂姆则来到中国传媒大学戏剧影视学院（我当年3月回国任教的母校），开办在华的首个科氏戏剧工作坊及进行剧本朗读演出。

为了准备2005年9月的工作坊，我在7月就投入了《森林正前夜》的翻译工作。巧的是，我当时正在中央歌剧院为法国文化年的闭幕大戏《霍夫曼的故事》紧张排练，同时给法国著名导演丹尼尔·梅斯基氏（Daniel Mesguich）做副导演。我利用歌剧排练的间隙埋头翻译科氏的剧作，耳边飘浮的是中央歌剧院大乐队的交响乐和国内一流歌唱家的歌声，笔下流淌出科氏的戏剧语言，虽是独幕独角戏的一整段"滔滔不绝"的独白,但其音乐节奏对我来说堪比奥芬巴赫的宏大优美的歌剧!我第一次翻译科氏的剧作就爱不释手、欲罢不能!这是我翻译的第一个法国当代戏剧剧本。应该说,4个月前因为翻译18世纪喜剧大师马里沃的《爱情偶遇游戏》,我在法国古典戏剧"大导"拉萨勒的指点下,养成了一个严谨的翻译习惯——像马里沃的戏剧语言一样精雕细琢,一字也不马虎。我隐约中已经懂得追求译作对原作"信达雅"之文学创作的最高境界了……2005年9月23日,科氏的《森林正前夜》由迪蒂姆执导,孙德元和孔令首与迪蒂姆同台双语交替朗读剧本,演出在中国传媒大学校内反响热烈。2006年3月,"法国当代经典戏剧名作系列"和"法国古典戏剧名作系列"丛书问世,由中国传媒大学出版社出版发行。我作为策划者和主编,翻译了当时4个剧本中的3个:科尔泰斯的《森林正前夜》、温泽尔的《远离阿贡当市》、马里沃的《爱情偶遇游戏》。目前这套"科尔泰斯专辑"中,只有《森林正前夜》这个剧本是第二次翻译出版,算来与第一次翻译出版已时隔十三年有余,实属不易。

迪蒂姆的首次中国之行功不可没,他引领国内观众走进了科氏戏剧。我也深深感染了科氏"病毒":2008年6月将该剧首次搬上中国舞台,指导孙德元和法国演员弗洛瑞安·拉弗热(Florian Laforge)在北京9剧场同台双语演出;2012年5月又联手法国导演奥利维·马西斯(Olivier Massis)执导科氏《孤寂在棉田》的中国首演,由孙德元和法国演员雷吉·曼纳尔(Régis Maynard)同台双语演出,英国音乐家哈利·布朗(Harry Brown)同台献艺于北京南锣鼓巷的蓬蒿剧场。除了以上提到的科氏戏剧与国内观众的三次会面,还有一次是法国演员西利尔·杜布洛(Cyril Dubreuil)在2013年4—5月用汉语演出的《森林正前夜:闪光》,其由法国导演让-保尔·卢魏(Jean-Paul Rouvrais)执导。这次演出所用的剧本是科氏该剧汉译本的节选,他们的巡演覆盖了成都、广州、珠海、杭州、武汉、上海、乌镇等7个城市,产生了很大的影响。

科氏戏剧在国内剧场演出的空白填补得比较晚,但学术界对科氏的理论研究要早得多。宫宝荣教授作为国内研究法国戏剧的专家,早在1994年就将科氏的戏剧译介给了中国读者[①],尤其是进入21世纪以来,他先后发表在国内社科核心期刊——《戏剧》2001年第1期、《戏剧艺术》2002年第2期——上的研究科氏戏剧的学术论文,为国内戏剧界及学术界认识科氏的重要性提供了难得的研究指南。2012年春,在上海戏剧学院举办的"国际导演大师班(法国)"的开讲导演让-路易·马赫迪奈力(Jean-Louis Martinelli)时任法国南特杏林国家剧院院长,他的工作坊"锁定"了科氏的《黑人与狗之战》,而该剧本的翻译者正是宫宝荣教授。上海戏剧学院外国戏剧

---

① 荣广润.当代世界名家剧作[M].上海:上海教育出版社,1994.

研究中心的蔡燕老师在2013年第4期的《戏剧》杂志上发表论文,解析科氏的剧作特征,尤其是其最后一个剧本——《罗贝托·祖科》。另外,2017年5月南京大学法语语言文学专业通过了赵英晖有关科氏戏剧独白研究的博士论文答辩。

  无论是剧场演出还是学术研究,如果没有科氏戏剧的翻译本出版,都是一个极大的缺憾。换言之,科氏戏剧汉译本的出版是短暂剧场演出的延续和进行前沿理论研究的支撑。因此,我从2006年这套书问世起,就一直对它倾注着自己最大的戏剧热忱。按理说,2012年5月《孤寂在棉田》在北京演出后,该剧的汉译本第二年就应该出版,因为我的译稿在演出时就已经成稿了,孙德元饰演的顾客的台词在排练开始前就完成了,而对应法国演员演出的汉语字幕也在演出前敲定了。我们在京的演出也得到了科氏兄长的授权,就像他2008年支持《森林正前夜》的演出那样。然而演出过后,想要出版该剧的译本时却遇到了麻烦,法国子夜出版社婉言谢绝了我为中国传媒大学出版社提出的翻译出版版权申请。我百思不得其解,事后很久才得知,法方出版社在我们演出前已将汉语翻译出版权授予了国内的另一位译者及另一家出版社,据说这个出版社还是上海的。而出版科氏戏剧的子夜出版社从来只独家授权翻译版权!这件事像一块沉重的石头压在我的心里……

直到2017年初,我第二次回国、在上海戏剧学院工作近两年后,与宫宝荣教授谈起法国当代戏剧的科研项目时,才得知他翻译的《黑人与狗之战》也遇到了版权问题。于是,我利用寒假回巴黎的机会,再次登门拜访了科氏的兄长弗朗索瓦,希望他能说服子夜出版社,为我们的翻译出版计划开绿灯。出乎我意料的是,他听了我们的项目设想后非常兴奋,主动建议我们将科氏的7个剧本全盘翻译出版。这不但在华语世界是首例,其他外语译本也鲜有这样的特权!于是我很快与子夜出版社的负责人伊莱娜·蓝东(Irène Lindon)女士取得了联系,帮助中国传媒大学出版社与法国子夜出版社在2017年春天签署了汉译本出版合同。原来,国内另一位翻译及另一家出版社的5年出版期限已到。不知为何,我们并没有见到其他出版社出版科氏剧作的汉译本。

总之,我们收获了惊喜,很快就行动起来。上海戏剧学院外国戏剧研究中心的三位法语翻译配合默契:宫宝荣教授翻译《黑人与狗之战》和《回归沙漠》——科氏的非洲系列,我翻译《萨蓝热》和《西岸》——科氏的美国系列,而蔡燕老师翻译《罗贝托·祖科》及其附带的两个短剧《塔巴塔巴》和《可可》——科氏的绝唱。① 整个翻译出版项目得到了上海戏剧学院领导和科研处的大力支持。由于它的高端性,该翻译工作获得了上海市高峰学科"戏剧与影视学"项目资助。同时,法国驻华使馆"傅雷出版资助计划"也像往年一

---

① 翻译均尊重原著的内容表述,并不代表译者态度。——译者注

样青睐我们这套戏剧丛书。除此之外,我还有幸收获了一个惊喜:译本《孤寂在棉田》由于法国驻华使馆的推荐,荣获 2018 年法国国家图书中心 CNL 翻译基金。我把它当作法国政府对我们整个科氏翻译出版团队的表彰和鼓励,也不枉这部汉语译作在孤寂中为了它的读者默默等待了 7 年……

感谢中国传媒大学出版社领导及编辑这些年的一贯支持,"法国当代经典戏剧名作系列"和"法国古典戏剧名作系列"从 2006 年起每隔一两年就有法国新剧本的译作出版,至今已有二十多本译著。不过,出版一位法国当代剧作家的专辑还是头一回,校稿的工作量之大自然不必说。想来读者在阅读这一专辑时,定能体会到科氏戏剧背后的译者和编辑的付出。在此顺便建议大家,可以按照剧作家创作完成的时间顺序阅读这 7 本书:《森林正前夜》(1977)、《萨蓝热》(1978)、《黑人与狗之战》(1979)、《西岸》(1983)、《孤寂在棉田》(1986)、《回归沙漠》(1988)、《罗贝托·祖科》(1988),这样或许更能领略科氏丰富多彩的戏剧世界,像译者和编辑一样,被科氏这些音韵饱满、诗意浓厚、富含哲理、悲喜交错的戏剧语言感染。祝各位阅读愉快!

2019年正值贝尔纳-玛丽·科尔泰斯逝世30周年,我们仅以此中文剧作专辑的出版作为对法国当代戏剧大师的缅怀和致敬!科尔泰斯的创作生涯只有短短十多年,算来,从其第一部汉译本问世至今,我们为这个专辑的翻译出版也筹备了十余年——"我爱你!同志,同志"。

宁春艳 博士
上海高校特聘教授 上海戏剧学院 东方学者
上海市海外高层次引进人才
上海视觉艺术学院"千人计划"专家教授
2019年夏末秋初于巴黎 中法舞台协会

目 录

当代法国戏剧巨匠的首次"完整"体现

——"科尔泰斯戏剧专辑"序 /1

编者按——代序

"我爱你！同志，同志" /1

导读——译者的话 /1

剧 本 /1

译者简介 /55

导读——译者的话

贝尔纳－玛丽·科尔泰斯（Bernard‑Marie Koltès，1948—1989）无疑是法国当代戏剧创作领域最重要的、最有代表性的剧作家之一。在20世纪80年代，科尔泰斯的创作就在法国甚至整个欧洲舞台产生了深远的影响。在这一时期，在五六十年代非常有名的荒诞派剧作家们［贝克特（1906—1989），尤涅斯库（1912—1994），阿达莫夫（1908—1970），热奈（1910—1989）］已经进入了晚年，很少再有新作。所以从某种角度上讲，科尔泰斯可以说是法国当代戏剧史上承上启下的重要剧作家，他无疑承接了老一辈荒诞派剧作家大胆的反传统的戏剧写作精神，同时又另辟蹊径，开创了自己独特的、平实的、极其口语化的全新戏剧语言。他的戏剧语言看似不加任何雕琢，但实际上功力深厚，形成了既粗犷又极富诗意的风格。正因如此，科尔泰斯的写作影响了一大批法国当代剧作家。可以说，当今法国的许多中青年剧作家的作品中都多多少少地留下了科尔泰斯的烙印。

贝尔纳－玛丽·科尔泰斯1948年出生在法国东部的一个中等城市——梅兹，父母曾把他送到圣－克莱芒教会学校接受严格的基础教育，他学过钢琴和管风琴，高中毕业后曾经修过记者专业。当他看到著名的阿根廷裔法国导演拉维里（Jorge Lavelli，1932年生）执导的古希腊悲剧《美狄亚》（*Médéé*，1967）时，他对戏剧舞台艺术产生了极大的兴趣，随后考上了法国斯特拉兹堡国立剧院（这是法国唯一的剧院与学院相融合的高等国家戏剧演出及教育机构），专攻戏剧舞美专业。但是很快，科尔泰斯对剧本写作产生了浓厚的兴趣；毕业后他创立了自己的剧团——"岸边剧团"，并为该剧团创作了《苦涩》（*Les Amertumes*，1970）、《行进——醉审》（*La Marche - Le Procès ivre*，1971），另外于1973创作并执导了《死亡故事》（*Récits morts*）。在此期间，科尔泰斯还为法国文化台创作了两部广播剧——《遗产》（*L'Héritage*，1972）和《聋哑的声音》（*Des Voix sourdes*，1973）。1973年他来到苏联，同年写了两部小说——《骑马远逃到城里》（*La Fuite à cheval très loin dans la ville*）以及《哈姆雷特故事中的谋杀日》（*Le Jour des meurtres dans l'histoire d'Hamlet*）。

　　1977年他创作了独幕剧《森林正前夜》（*La Nuit juste avant les forêts*），并亲自执导，把它搬上了舞台。该剧在1977年夏季阿维尼翁戏剧节上引起了极大关注，之后在欧洲各地不断巡回公演。1977年他还创作了《萨蓝热》（*Sallinger*）。

1979年科尔泰斯到尼加拉瓜、危地马拉和萨尔瓦多等地旅行，写下了《黑人与狗之战》（*Combat de nègre et de chiens*）。从1983年起，他与法国当代著名导演帕特里斯·谢侯（Patrice Chéreau，1944—2013）开始长期合作，两人很快成为至交密友。科尔泰斯的剧作经谢侯搬上舞台后，产生了巨大的社会影响。法国观众认为他们俩堪称戏剧界的最佳搭档：《黑人与狗之战》于1983年首演；1986年《西岸》（*Quai ouest*）与观众见面；1987年1月《孤寂在棉田》（*Dans la solitude des champs de coton*）在巴黎郊区南特市的法国国家杏林剧院首演；紧接着，1988年《回归沙漠》（*Le Retour au désert*）上演，这些演出一次次地轰动了法国。科尔泰斯的作品在欧洲各地连演不衰，尤其是在德国，他的戏剧备受观众欢迎。

1981—1985年,他多次去纽约和塞内加尔旅游采风。1989年,已经身染艾滋病的科尔泰斯在墨西哥、危地马拉和里斯本等地旅行了数月,回到巴黎后不久就离开了人世,年仅41岁。

1988年科尔泰斯创作了他的最后一部作品《罗贝托·祖科》(*Roberto Zucco*),这部作品被著名德国导演彼得·斯坦因(Peter Stein)于1990年搬上柏林绍宾纳剧院的舞台进行世界首演;1991年在巴黎城市剧院,法国著名演员布鲁诺·伯格兰(Bruno Boeglin)担当该剧主演,这是该剧首次在法国与观众见面。

法国及其他欧洲国家的观众哀叹科尔泰斯这位戏剧天才的早逝,同时也被他的剧作深深地震撼着。20世纪90年代以来,他的戏剧不断在法国及其他欧洲国家上演,早已成为法国当代戏剧中的经典作品。

《孤寂在棉田》写于1985—1986年,作品成功地刻画了商贩和顾客两个人物形象，这两个人物已成为法国当代戏剧中的经典形象，此剧一经问世就在法国乃至世界各地不断地被搬上舞台。该剧无疑是科尔泰斯上演率最高的一部作品，而在国外上演作品最多的法国当代剧作家也当属科尔泰斯。法国戏剧界这样评价科尔泰斯：他的写作终结了贝克特等荒诞派剧作，他是20世纪后半叶法国乃至全世界最伟大的剧作家。

《孤寂在棉田》1987年1月由法国当代著名导演帕特里斯·谢侯执导，首次在巴黎市郊的法国国家杏林剧院上演；紧接着，于1988年7月在著名的阿维尼翁戏剧节上演，还是谢侯执导。1995年谢侯第三次执导该剧并亲自扮演了其中的一个角色（商贩），该剧在巴黎南郊的纽扣剧院上演。谢侯的这部导演作品荣获了1996年最佳莫里哀戏剧导演大奖。2001年、2004年、2005年和2016年在巴黎及法国的其他城市的著名剧院都有该剧新的导演版本上演。2016年2月在巴黎北方滑稽剧院上演的版本甚至让女演员扮演剧中的两位主角，同样收到了很好的演出效果。在笔者校对这个译本期间，法国阿维尼翁戏剧节上，由阿兰·蒂玛（Alain Timar）执导的《孤寂在棉田》每天都在市厅剧院热演。此处列举的演出仅限于法国本土，如果将世界各地的翻译版本都算上，那数目会更加可观。

《孤寂在棉田》描绘了一名商贩和一名顾客不期而遇时各自的内心活动，既细腻又深刻，这是一场不可言说的交易，它将两人紧紧联系在一起，两人就像主仆或夫妻，相辅相成，不可分割。他们俩时而亲近地交头接耳，时而又声嘶力竭、互不相让，观众就是他们的见证人。这场交易的核心是渴望，但是谁更加渴望谁？又更渴望什么呢？夜幕下他们俩的心声就像那音乐的节奏此起彼伏，沉静中难掩急促，买卖双方最终能达成这场特殊交易吗？科尔泰斯在该剧中通过机智的外交对话将交易双方的心理活动刻画得细致入微。双方的猜疑、揣测、试探一环紧接一环，环环相扣，不分高低胜负；两人的关系时而针锋相对、时而温存体贴，字里行间充满了欲望，似爱是恨，情仇难分。层层递进的逐渐紧张的气氛最终将双方引向了一场激战，而整出戏就是战前的激烈鼓声，令人心潮澎湃！请看剧作家在这场激战之前写下的开场白：

  贩卖就是对严格控制或禁止的物品进行一场商业交易，它是在中性的、不确定的、不可预见的场所成交的，是在供应者和乞求者之间、靠心照不宣的默契、以墨守成规的手势或双关语的对话而完成的——其目的就是避免这种活动潜在的背叛和欺诈的风险——不分时刻，无论白天黑夜，在法定商业地点及营业时间之外任意进行，但总是在它们歇业时。

科尔泰斯还在一篇文章中说：

在出击之前，敌对的第一步，就是外交上的时间交易。这是用不爱来演示爱，用排斥来演示渴望。而这就像是一条河流穿过燃烧着的森林：水与火交融，但水的使命是淹没火，而火强制使水蒸发。言语的交换只是为在出击之前争取时间。因一定的理由，他是那种在孤寂中从不正面相对的人。但是我们的地盘太小了，人太多，有太多的不兼容、昏暗的时间和地点、数不清的沙漠等，这使他已不再有理由了。

《孤寂在棉田》中融入了法国巴黎的地方口语，从剧中人的对话所描绘的黄昏、高楼、野外等场景似乎可以联想到位于巴黎的西郊森林公园。剧本语言朴实平易，看似随笔拈来，却极具功底；看上去语无伦次、时断时续，实则酣畅淋漓，充满了音乐性。鉴于笔者在巴黎从事戏剧工作二十余年，赴法之前则在北京学艺近八年，加之第一次"海归"又在北京生活工作了八年有余，因此在翻译该剧本时本着忠实于原作的精神（包括尊重原作的每一个标点符号的运用），尽力将巴黎口语转换为北京话。

《孤寂在棉田》与中国观众的首次会面，是2012年5月初由北京南锣鼓巷戏剧节、中法文化之春艺术节以及"北京法国戏剧荟萃"联合促成的，此剧在北京蓬蒿剧场连演三场，获得了观众的一致肯定。剧中的两位主人公是由中国传媒大学影视艺术学院表演教师孙德元和来自图卢兹的法国资深演员雷吉·曼纳尔（Régis Maynard）扮演的；两人用汉法双语同台演出，现场还有年轻的英国音乐人哈利·布朗（Harry Richmond Brown）的吉他、低音提琴和电子乐的即兴创作伴奏。该剧是笔者及笔者邀请的法国梦幻剧团的总监奥利维·马西斯（Olivier Massis）联合执导的，马西斯同时担任了该剧的舞美，而中文版剧本的翻译也是笔者特地为这次中国首演完成的，演出时配有相应的中法字幕。

《孤寂在棉田》是科尔泰斯的 7 部戏剧作品中上演率最高的一部，从 1987 年该剧的世界首演至 2012 年的中国首演，过去了整整 25 年。至今在中国公演过的科尔泰斯的剧作也仅有《森林正前夜》（2008 年 6 月北京 9 剧场中国首演）和《孤寂在棉田》这两部。这两次演出都受到了剧作家的兄长弗朗索瓦·科尔泰斯（François Koltès）先生的大力支持；也是两次中国首演的成功，从某种程度上促成了今天的"科尔泰斯戏剧专辑"翻译出版项目。由于弗朗索瓦·科尔泰斯先生对该项目多年、持续的关注，我们顺利取得了法国子夜出版社的版权，在此谨对弗朗索瓦·科尔泰斯先生和法国子夜出版社社长伊莱娜·蓝东（Irène Lindon）女士表示由衷的感谢。另外，该出版项目受到上海戏剧学院高峰高原学科项目的支持，还有中国传媒大学出版社编辑的一贯支持，在此一并感谢。

译本最后附上 2012 年 5 月该剧的中国首演剧照，这个译本是在 2012 年演出版的基础上再三校正的。由于本人水平有限，译本疏漏恐怕难免，恳请广大读者及专家学者予以指正。

宁春艳

2017 年 7 月　巴黎

剧　本

　　贩卖就是对严格控制或禁止的物品进行一场商业交易，它是在中性的、不确定的、不可预见的场所成交的，是在供应者和乞求者之间、靠心照不宣的默契、以墨守成规的手势或双关语的对话而完成的——其目的就是避免这种活动潜在的背叛和欺诈的风险——不分时刻，无论白天黑夜，在法定商业地点及营业时间之外任意进行，但总是在它们歇业时。

商贩：

　　既然您走到外面，此时此刻在此地走

过，那一定是您渴望得到自己没有的东西。而这个东西，我可以提供给您；因为我已经在这个地方很久了，而且会比您待得更久。即便这样的时刻，这个人与兽的野性相结合的最佳时刻，也不能将我驱逐。因为我能够满足一切从我面前飘过的欲望。这欲望就像一个重负，我必须摆脱它，把它甩给从我面前走过的任何活物，不论是人还是兽。

　　这就是为什么我靠近您，尽管通常在此刻，人与兽正野性大发地相互攻击。而我，却在靠近您。我张开双臂，掌心向您，带着供应者对购买者的谦卑，带着拥有者对渴求者的谦卑。因为我看到了您的欲望，就像黄昏里，一盏灯光从高楼顶层的一扇窗户透出。我靠近您，就像是暮色在靠近那最初的一抹灯光，轻轻柔柔地、不无敬意地，几乎充满了眷恋。任由下面街道上的人与兽彼此勒紧项圈，相互龇牙示威地发泄野性。

我并没有猜出您的欲望，我也并不急于知道它。因为顾客的欲望是最令人惆怅的东西。我们凝视着它，像一个迫不及待的、渴求被揭穿的小秘密，而我们总是不急于去揭穿它；就像面对一个包装精美的礼物，人们总要慢慢地解开它的丝带。然而自从来到这个地方，我自己就欲望中烧，渴求一切人与兽在这个昏暗时刻能够渴求的一切。这种欲望迫使他走出家门，不顾外面欲壑难填的人与兽的凶猛嚎叫。忐忑不安的顾客持久拿捏着自己的神秘，那份矜持是沦为娼妓前的小处女所特有的，相比之下，我更能明白您想要的东西，因为我已经拥有您想问我要的东西。只要您不顾及自尊心会受伤的感觉，抛开乞求者相对给予者可能有的表面不公平，向我要吧。

因为地球上并没有绝对的不公平，除了大地本身。她因寒冷而贫瘠，也因炎热而贫瘠，却很少因寒流和热浪相交融的温暖而肥沃。既然我们脚踏一片同样的土地，无论她承受着寒冷还是炎热抑或是温暖，那对我们这些行人就没有什么不公平的。任何一个人与兽在另一个人与兽的眼中都是平等的，因为他们行走在同一条纤细而平坦的纬线上，奴役于同样的寒流或热浪，同样的富有，或者，一样的贫穷。因此这世上唯一的界限就只存在于顾客和商贩之间，但这也不确定，因为双方都拥有欲望和欲望所求之物，同是凸起和凹陷并存，这比起人与兽的雌雄之别更不公平。这就是为什么我要暂时表现得谦卑些，把傲慢留给您，从而在这个对双方都一样的不可避免的时刻里，将我们区分开来。

告诉我，惆怅的小处女，在这人与兽都在低沉嘶吼的时刻，告诉我您的欲望、我能提供给您的东西。我将轻轻柔柔地、不无敬意地，甚至充满眷恋地给予您。然后，在填满了我们的凹陷、铲平了我们的凸起之后，我们将远离彼此，在这纤细而平整的纬线上保持平衡，在一群不满足于自身身份的人与兽中变得满足。但是不要让我猜测您的欲望，因为我要被迫一一列举我所拥有的一切以满足从我面前经过的人与兽的欲望，而这将花去太多的时间，足够让我的心灵枯竭，也让您的希望倦怠。

顾客：

　　我不是在一定时间、一定地点走过这里，我只是走走，我走，从一点到另一点，处理一些在这些地点而不是在路上能办的事。我不知道什么所谓的黄昏，也不懂什么类型的欲望，只想忽略掉路上的障碍。我想从我身后那高处的一扇亮着的窗户，沿着一条笔直的路线，走向我前面的另一扇亮着的窗户，但这条线正好穿过您，因为您早已故意待在那儿了。然而，没有任何办法能让一个从某个高处走向另一个高处的人避免先降下来然后再升上去，这下来又上去的动作既荒唐又无用，况且这每一步都有踩到从窗户扔下的垃圾的危险；我们住得越高，空间就越圣洁，那么坠落也就越难受；而当电梯把您放到下边时，它就强迫您走到这一切的中间——那一堆陈年腐烂的记忆！而这正是我们在高处的人所不情愿的！就如在餐馆，服务员来结账时，在您耳旁不断数落您那早已消化掉的菜肴一样令人恶心。

况且这黄昏的光线应该再暗一些，那我就无法看清您的面孔了；而我或许会将错就错地认为您碰巧在这儿、默许您有意越轨一步站到了我的路上，因而我也得越轨一步以便与您步调一致；但是暮色要暗到什么程度才能使您看上去没它昏暗呢？如果您在夜色中散步，所有无月的夜晚都会像正午一样，这足以向我证明，并不是电梯将您偶然地放在了这里，而是一种您特有的、难以名状的重力规则，还有您挥之不去的压在肩头的包袱，将您锁定在了这个特殊的时刻、特定的地点，望楼兴叹其穹顶的高度。

  至于我的欲望，如果我还想得起来，在这昏暗的暮色里，在那些连尾巴都看不清的动物的低吟嚎叫中，我至少还有一个确定的欲望，那就是看到您抛开谦卑、不让我傲慢，因为假使我对傲慢有些许的青睐，那我痛恨谦卑，无论这是我个人的还是他人的；同时我也讨厌这两者的互换。而我的欲望所求，您肯定不会有。我的欲望，如果还是个欲望，要是我还能对您说得出来，它将烫伤您的脸、让您尖叫一声把手缩回去，然后逃到暗处去，就像一只跑得飞快的狗，连尾巴都看不清。但是，不！这个地点和这个时刻令我忘记了我那曾经有过的欲望，我已经想不起来了，不！我的欲望微乎其微，我也没什么能给您。所以您应该跨出一步让道，这样我就不用让开了，您应该离开我前进的中轴线，自己删除自己，因为那光线，在那高楼上，虽然已被昏暗笼罩，还是不断地闪烁着，它穿透了这夜色，就像一支点燃的火柴，穿透那企图捂灭它的破布。

商贩：

您有理由相信我的凭空出现，我并不是从什么地方降下来的，也不想上升到什么地方去。但您以为我因此而感到后悔，那就大错特错了。我躲避电梯就如同一只狗躲避水一般。其原因并非是他们拒绝为我开门，也不是我厌恶将自己困在其中，而是因为运动的电梯让我感到瘙痒难耐，以致丢失了自己的尊严；就算我喜欢被挠痒，但我还是希望只要我的尊严需要就立刻停止被挠痒。有些电梯就跟毒品一般，使用过度会让人飘飘然，浮在半空、不上不下，将曲线当成直线，还试图冻结火焰的中心。然而，自从我出现在这个地方，我就能辨认出那些窗玻璃后面的火焰，远远望去好似冬日里被冻结的暮色，但只要轻轻柔柔地、近乎眷恋地靠近它，就能想起来这并不是彻底冰冷的微光。我的目的并不是要扑灭您，而是为您挡风遮雨，用这团火焰的炽热来烘干这个时刻的潮湿。

因为，哪怕您坚持说您所行走的路线是笔直的，它或许曾经是笔直的，但在您发现我的那一刻就已经扭曲了。我抓住了您发现我的那一准确时刻，就是您的道路变得扭曲的那一准确时刻。这扭曲并不是让您远离我，而是让您靠近我，否则我们永远都不会相遇，您本应当离我越来越远，因为您是以从一点径直到另一点的速度行走的，而我则永远不可能追上您,因为我从来都是以缓慢的、安静的、几乎不动的速度行走。我的行走方式不是为了从一点到另一点,而是在一个固定的地方,窥伺从我面前经过的人,等待他轻微地改变一下他的路线。如果我对您说您走的是弯路,您肯定会声称这样越轨一步正是为了躲避我,而我将会回应说这个行动反而令您更靠近我了。或许实际上您根本没有偏离方向,只是所有的直线都是相对于一个平面才存在的,而我们俩是在两个不同的平面走动着。归根结底,只有一个事实,那就是您的目光投向了我,而我阻断了它,或者予以了回应。所以不管您最初所走的线路是多么绝对、多么笔直,它现在已变得如此相对、如此复杂,既不直也不弯,而是命中注定!

顾客：

　　然而我并没有那讨您喜欢的、不正当的欲望。我自己的生意，总是在白天的法定时间、在法定的生意场所营业，总是电灯通明。也许我是个骚货，但即便我是，那我的窑子也不是这个世间的；我的货摆在合法的光线下，晚上打烊、有合法的营业证、总用电灯照明，因为即便是太阳光也会不靠谱或太刺眼。那么您——您这个如果没有营业证、没有电灯照亮到每个犄角旮旯就不会轻举妄动一步的男人，您还等什么呢？如果我在这里、在途中、在等待、在迟疑、在挪动、抛开游戏规则、抛开生活、暂时地完全缺席，就是说我根本不在场——因为就说一个乘飞机穿越大西洋的男人吧，他什么时候到了格陵兰岛？他真到那儿了吗？或者到了大洋深处那惊涛骇浪的中心？——如果我从我那条直行路线上跨出了一步，从我来的那一点到我要去的那一点，我没有任何理由突然扭曲变线，就因为您挡了我的道儿，满怀不正当的企图而且还推断我也有同样的企图。那么听着，这世间我最反感的东西，比那些不正当的企图甚至不正当的行动更让我讨厌的，就是这种目光，它断定人满怀不正当的企图且早就习以为常；倒不是因为这目光本身，它令人心慌躁动的程度足以让山间瀑布逊色，您的目光足以让杯底沉淀的污泥翻腾到水面，而是因为只要这目光的重量一压向我，就使我那潜藏在体内的童真瞬间感到被强奸，感到有罪的无辜。而那条笔直的线，原本把我从一个亮点引领到另一个亮点，也正是因为您而变得扭曲了，成为这个昏暗领地的昏暗迷津，使我不能自拔。

商贩：

您试图在我的马鞍下悄悄塞进一根刺，

以激怒我的马、让它脱离控制；但是，尽管我的马烦躁不安，有时还不太驯服，我总是用短小的马笼头牵制它，不会让它轻易地脱缰奔跑。一根刺可不像一个刀刃，我的马皮够厚的，这刺就够给它挠痒痒。然而谁能完全懂得马的脾气啊？有时它能忍受在肋部插上一根针，而有时马具上的一粒灰尘就能让它就地打滚、撒腿狂奔，把骑士摔落下马。

您要知道，我在此刻轻柔地跟您如此交谈，甚至还怀揣敬意，这可跟您不一样：您是出于被迫，用一种胆怯者特有的语言。而这种语言一眼就会被人识破，它的胆怯是细致脆弱的，既不可思议又无法掩饰，就像一个孩子害怕父亲可能打他的耳光一样；而我，我的语言不会让人轻易识破，它属于这片领地和这段时间，在这里，男人拉着自己的皮带，饿猪用自己的脑袋撞墙。我呢，我控制着我的语言，就像用笼头控制着种马以免它扑向母马。因为如果我松开笼头，轻微地放松我指间的压力和臂膀的拉力，我的词语就会让我自己无言以对，它会疯狂地奔向地平线，像一匹阿拉伯骏马闻到沙漠的味道后就猛烈狂奔起来，势不可挡，一发不可收拾。

这就是为什么尽管我不认识您，但从我开口的第一句话起，就对您尊重有加；我从向您迈出的第一步起，就满怀谦卑、正派和敬意。我并不知道您身上有什么值得尊敬的东西，我一点儿也不了解您，也不清楚相比我们两人的处境，是否应该我谦卑些而您更傲慢些。我把傲慢留给了您，因为我们相遇在这黄昏，而在您靠近我的黄昏时刻，合乎礼仪已经不再是强制性的，它已变成了一种必要性；在这里唯一强制的就是这昏暗中的野性关系。我本可以撞上您，如同一块破布落在蜡烛的火焰上；我本可以出其不意地揪住您的衣领让您就范。这样合乎礼仪是必要的，但也是无偿的，我把它赠予您，是它将您与我联系在一起的；然而，我本可以出于傲慢，任意在您身上践踏，就像靴子踩在油纸上一样。因为我知道，我们的体型明显不同；在此时此刻只有体型才能分出我们的上下，而我们俩都知道谁是那靴子、谁是那油纸。

顾客：

假如我看到了您，要知道我的欲望就是宁愿不曾看您一眼。人的目光游动着，任意投放在自以为中性而自由的领地，就像一只蜜蜂穿梭在花田，就像草原上牛栏里一头母牛的嘴脸。但怎样应对这种目光呢？目光投向天空会让我怀旧，而投向地面又会令我悲伤；后悔一些事情、想起不复存在的事情，这两者同样令人沮丧。所以应该把目光投向前方、自然平视、不管脚下暂时踩踏的高度,这就是为什么我刚才走路时走到这儿、而现在停在这儿,因为我的目光早晚都会碰见所有停着的或行走的与我等高的东西;然而,由于距离和透视的法则,所有人和动物都暂且大概与我等高。也许,确实,能够区分我们的唯一差别,或者唯一的不公平,如果您愿意这样说,就是我们其中一人稍微有点怕挨另一人的耳光;而我们的唯一共性,或者唯一的公平,如果您愿意这样说,就是我们都不知道对方的深浅,在分担恐惧的同时,对可能在未来成为现实的耳光及其暴力程度都不得而知。

因此,我们能做的,就只有在没有法规和电灯照射的情况下,在不正当的时间和昏暗的地点,重新建立人与兽之间的正常关系;这就是为什么,由于对人和兽的厌恶,我愿遵守法规,我更喜欢电灯的照射,因为我有理由相信，所有自然光线和未经过滤的空气以及未经调整的季节温度，造成了世界的混乱无章；因为自然元素既没有和平也没有公道，不正当的交易里没有交易可言，有的只是威逼恫吓、躲闪逃离，没有买进的货物也没有卖出的货物，既没有有效的货币也没有价格表，只有阴暗、阴暗的人们在夜间搭讪；如果您对我搭讪了，那是因为您最终想袭击我；而我问您为什么要袭击我，我知道，您会回答我，那是因为您的一个隐私，肯定没必要让我知道。所以我什么也不问您，有人会对屋顶掉下的瓦片发话吗，哪怕它就要砸到自己的脑袋了？总有蜜蜂选错花朵，总有母牛想要越过带电的栅栏吃外面的草；我们要么闭嘴要么逃跑，我们后悔、我们等待，我们明知道是不正当、不合法的动机，还是鬼鬼祟祟地做力所能及的事。

我刚才一脚踩进了牲畜棚的阴沟，那里

· 孤寂在棉田 ·

诡秘地流淌着动物的粪便，这种诡秘和阴暗是属于您的专利，我因此得出您的做事原则：两个人相遇时，总是选择做那个进攻的人，那么理所当然，在这个时刻、这种地方，就应该走近所有目光能看到的人或野兽，攻击他并对他说，我不知道您是否也有意对我进攻，那理由是神秘莫测的、不可思议的，反正您不认为必须让我知道；但是，无论如何，我宁愿首先进攻，而我的理由，如果也是不可思议的，那至少它不是神秘莫测的：因为这悬而未决的，是你我的存在以及我们目光的不期而遇，还有您可能对我首先进攻，所以我宁愿做那个掉下的瓦片而不愿做被砸的脑袋，宁愿是带电的栅栏也不愿是母牛那蠢蠢欲动的嘴脸。

否则，如果我们真是买卖的关系，您是那有着神秘货物而又拒绝揭开其面纱的商贩，我是那无法猜透货物真面目、拥有一个连自己都不知道的秘密欲望的顾客，而我要印证自己确实有这个欲望，就必须在记忆的伤疤上抠出血印，如果真是这样，而我已经停下来了，那您为什么还继续掩藏着您的货，让我在这儿干等着？就像您扛在肩上的一个捆死的包袱、就像那种游移不定的重心，它们并不存在，而要存在就必须被赋予欲望的外形；像脱衣舞夜总会门前拉皮条的，在您夜里准备回家睡觉时硬拽着您的胳膊，在您耳旁嘟哝着：今晚那妞儿等着您呢。那么如果您给我看看您的货，如果您的货有个名头，不管是正当的还是不正当的，至少有个名目也好评判它的价值；如果您给我货物的名目，我就知道要不要，那我就不会觉得自己像棵孤零零的树被莫名的大风吹得东倒西歪甚至连根拔起。因为我知道如何说"不"，也喜欢说"不"，我能用我的"不"字迷惑您，让您发现说"不"的所有方法，就是先用所有的方法说"是"。就像那些淘气的美女试遍了所有的衣服和鞋子，最终一件也不要，她们试穿每一件的快乐正好引发了她们拒绝一切的快乐！决定吧！亮出您的底牌，您到底是践踏草坪的野兽还是个生意人？是生意人就先把您的货摆出来，我们慢慢验货！

商贩：

因为我想成为一个商人，一个名副其实的商人而不是一个恶棍。我不告诉您我拥有什么，也不说出我能提供给您的东西，因为我不愿遭到回绝，这是世上令所有商人最惧怕的事情，因为他自己不掌握这一武器。因此我呢，我从来没有学过说"不"，也丝毫不想学；但所有说"是"的方式，我都知道：是的、请稍等、请多等一会儿、请跟我一起长相厮守；是的我有、我会有的、我以前有过将来还会再拥有的、我从来都没有过但是为了您我将会拥有的。如果有人对我说：假设有人有一个欲望，他表露出了这个欲望，而您却没有什么东西能满足他呢？我将会说：我有能满足他的东西。如果有人对我说：然而想象一下您要真的没有呢？——即使是想象一下，我也还是有。如果有人对我说：假设这种欲望那么绝对，您根本不愿想象用什么办法才能满足它呢？那么好吧，即使不愿想象，尽管如此，我仍然拥有人家要的东西。

然而卖家越是规矩，买主就越是邪恶；所有卖家都力求满足一个他并不知道的欲望，而买主则通过首先拒绝人家提供的东西来满足自己的欲望；这样他心底的欲望因拒绝而变得更加强烈，并在这种侮辱卖家的快感中忘掉了自己本来的欲望。但我不是那种为了满足顾客的心理而愤怒地打翻自己招牌的生意人。我在这里不是要给予快乐,而是要填补欲望的深渊,召唤欲望,迫使欲望有个名字,将它拖到地面,赋予它一个形态和一份重量,用必要的残酷行为赋予欲望该有的形态和重量。因为我看到您的欲望,就如同挂在您唇边即将咽下的唾液,我等待它沿着您的下巴流下来,或等您吐出后我再递给您手绢,因为如果我过早地把手绢递给您,我知道您会拒绝我,而这正是我所不愿忍受的痛苦。

因为在此刻,人走在与兽一致的高度,所有的野兽都走在与所有的人一致的高度,所有的人或动物所惧怕的,并不是痛苦,因为痛苦可以衡量,施加和忍受痛苦的能力是可以衡量的;他最惧怕的,是这种痛苦的奇特性,是被迫忍受一种他并不熟悉的痛苦。所以世上那些野兽与美女之间始终保持着距离,这种距离不是源于双方力量的抗衡,因为如果是这样的话，世界将会简单地分成野兽与美女两部分，所有的野兽都会扑向美女，世界就会变得简单。但是使野兽对于美女来说永远是野兽的，就是美女与野兽之间始终保持着的距离，是美女那无穷的神秘以及她们那无尽的奇特武器，如同她们手袋里藏着的催泪弹，她们会喷洒在野兽的眼睛里让他们流泪，人们忽然发现野兽在美女面前哭了起来，所有的尊严都消失殆尽了，无论男人还是野兽，都变得一文不值，都只能把自己羞愧的泪水撒向田野大地。这就是为什么野兽与美女总是如此相互惧怕、相互猜疑，因为人们只能承受自己所能承受的痛苦，只会害怕那些自己所不能承受的痛苦。

所以请别拒绝告诉我您的目的，我求求您，告诉我您的狂热、您向我投以如此目光的理由，如果不会伤害到您的自尊心，那么就说出来吧！就像您对着一棵树诉说，或是面对一座监狱的墙壁,或者是在漆黑的夜里一丝不挂地散步于一片孤寂的棉田;对我说吧!甚至无须注视着我。因为在这你我相伴的黄昏时分,唯一真正残酷的不是一个人伤害、折磨或者拷打另一个人,摧残他的四肢或头颅,以致他痛哭流涕。人或兽的真正可怕的残酷在于它使得人或兽处于未完成的状态,如同一句话说到一半,突然被省略号打断了,像深情一瞥之后又转过脸去,这使得人或兽成为一种错误,如同一封已经开了头、写完日期却又被粗暴揉皱的书信。

顾客:

您可真是个奇怪的窃贼,您什么也不偷或者迟迟不下手,好比一个偷果子的人夜里闯入果园只为晃晃果树,走时一个果子都不拿。您才是这种地方的常客,而我是外行,我是那个怕事的人,况且我有怕的理由,我是一个不认识您的人,一个不可能认识您的人,一个只能在暗中揣测您身影的人。应该由您来猜测,来说出点儿什么名堂,那么,或许,一个点头的动作,我就默许了,一个示意,您就明白了;但是我可不想让我的欲望之血无辜地洒满陌生的地方。您呢,您当然没什么危险;您知道我的顾虑、犹豫和猜疑,您知道我从哪儿来、要到哪儿去;您认识这些街道、了解这个时刻、熟悉您的计划;而我呢,我什么也不清楚,我在冒大险,在您面前,我好像站在那些化装成男人的人妖面前,到头来,根本不知道对方的真实性别是什么。

　　因为您的手伸向我就像一个窃贼伸向受害者,又像法律的铁掌擒拿罪犯;从此我就会受尽折磨,甚至忽视自己的厄运,不知道自己是受审的主谋还是从犯,我受尽折磨,因为我根本不知道您给了我怎样的创伤,而我的鲜血又是从哪儿流出来的！也许您根本就不怪异，而是奸诈，或许您只是一个钓鱼执法的便衣，说不定到头来您比我更克己守法。那也没什么，就算这是个意外，我什么都不说、什么也不要，因为我压根儿不知道您是谁，因为我是个外行，既不懂行话也不懂规矩，不知道这里什么是好、什么是坏、什么是对、什么是错，所以我就像个蒙圈的傻子，就算我向您要了什么东西，就算我向您要了那最不该要的东西，因为这个我才犯了罪。在您的脚下，流淌的是我那不可扼制的欲望的鲜血，一种我不知道也不认识的欲望，只有您才了解的欲望，只有您才能判断！

　　如果真是这样，如果您以叛徒的猜疑和威逼置我于绝路，我若不顺从您，就得反抗您，无论如何，我都将是有罪的。果真如此，那么，至少您得承认我现在还没顺从您,也没反抗您,您休想强加给我任何罪名,目前我还是清白的。您承认,我并没有因为您在暗处停留而感到高兴,我之所以停下就是因为您的手摸了我;您承认我呼唤光明了吧,我并没有像个小偷似的躲到暗处,心甘情愿地怀揣不正当的意图。相反,我惊讶得高声呼叫,就像一个孩子害怕他床上的夜间指示灯突然熄灭一样。

商贩:

　　就算您认为我怀有对您施暴的强烈意图——或许您是对的——也请不要过早地给这暴力归类定性。您生来就认为一个人的性别隐藏在某个固定的地方而且会待在那里,您小心地呵护着这个想法;然而,虽然我和您的出生方式一样,但我知道一个人的性别会随着他等待、遗忘和独守孤寂的时光慢慢地从一个地方转移到另一个地方,而不会一直隐蔽在某一固定的地点,它总是在一个显而易见却无人问津的地方;任何一种性别,当人一旦错过时光,学会了在孤寂里独坐、静休之后,它就不再会和任何其他性别相像,就如同男性不会跟女性相像一样;没有任何一种事物的伪装像人的性别一样,它是事物之间一种温存游移的过渡,就像过渡的季节既不是伪装成冬季的夏季,也不是伪装成夏季的冬季。

然而一个猜想不值得我们为之疯狂;应该像对待自己的未婚妻那样掌控好自己的想象力:任由她四处闲转是好事,而放任她冒失无礼则太愚蠢。我不狡诈,但好奇;出于纯粹的好奇心,我才把手搭在您的胳膊上,想知道在脱毛的母鸡的表皮下,到底是活鸡的温度还是死鸡的冰冷,而现在,我知道了。你忍受着冰冷——尽管这么说不无冒犯——像一只掉了一半羽毛的活母鸡,像一只瘟鸡——严格地说，是只脱毛瘟鸡；而且，我小时候，曾在饲养场里追着这些母鸡跑，想摸摸它们，只是好奇地想知道，它们的身体是死的还是活的温度，今天我摸到了您，感受到了您死亡的冰冷，也感受到了您忍受冰冷的痛苦，就像只有活生生的人才能忍受一样。这就是为什么我把我的外套盖在您肩头，因为我，我不用忍受冰冷的痛苦。我从来没有经历过这种痛苦，以致我为不能经历这种痛苦而感到痛苦，以致从小我唯一的梦想，那属于我的梦想——不是目标而是更多的牢房，是孩子望穿的第一个牢房的铁窗，就像生来为奴的人梦想着自己是主人的儿子——我的梦想就是感受冰雪，感受您所忍受的冰冷的痛苦。

我之所以仅仅把外套借给了您，不是因为我不知道您不仅上身忍受寒冷，而是——尽管这么说不无冒犯——从上到下，甚至还不止这些，都在忍受寒冷；而至于我，我一直在想，应该根据畏寒人的身体怕冷的部位给他一件相应的衣服，哪怕自己裸露着，从上到下甚至还不止这些；但是我的母亲，从不吝啬但却深谙礼俗，她告诉我把衬衣、外套或者其他任何能遮盖上身的东西送给别人是值得称赞的，而在借出自己的鞋子时则需慎重考虑，但在任何情况下让出自己的裤子都是不合适的。

然而，我同样知道——无须解释，我绝对敢断定——你、我还有其他人，我们所在的地球也被平衡地放置于牛犄角上，天神用手把着这样的位置，我同样，虽然不知为何却也从不迟疑地，力图待在适度的范围内，避免不当举止，就像一个孩子在懂得自由落体定律之前就明白应避免在屋顶边缘探出身子。就像孩子以为人们不准他们在屋顶边缘探出身子是为了阻止他们飞行一样，很久以来，我以为不准男孩脱裤子是为了避免他暴露自己的激情或难耐的煎熬。但是今天我懂得了更多的事情，明白了更多的事情，明白了更多我不懂的事情，太多次我在这个时刻待在这个地点，我目睹了太多过往的行人，我注视着他们，有时我会把手放在他们的胳膊上，太多次了，什么也不懂、也不想去懂，但却坚持注视着他们，试图把我的手放在他们的胳膊上——因为抓住一个行人要比在饲养场里抓住一只母鸡容易许多——我很清楚在那掩埋的激情或煎熬里并没有什么不当之处，而且应该不知所以然地遵循着规则。

　　此外——尽管这么说不无冒犯——我希望，把我的外套搭在您的肩头，这会使您的外表在我看来更加亲近。过于奇特的东西会让我感到羞怯，而且刚才看您向我走来时，我在寻思一个无病的男人为何打扮成这般模样，如同一只得了瘟病脱毛的母鸡，身上还挂着几根幸免于难的羽毛，依旧在饲养棚里溜达着；或许，出于羞怯，我会挠一下头皮就躲开您，与您保持距离，假如我没有在您注视我的眼神里看到这闪烁的目光，准确地说，那乞求什么东西的目光，正是它分散了我对您奇装异服的注意。

顾客：

您到底想让我怎样？每一个我本以为要打我的手势最后都变成了爱抚，本该挨打却反而被安抚，这真令人心慌意乱。如果您还想拖住我的话，我强调您至少要谨慎些，如果您借口说正好有什么东西要卖给我，那为什么不先怀疑一下我拿什么付账？我的口袋说不定是空的，按道理您应该先让我把钱摆到柜台上，就像对待一个可疑的顾客。您根本什么也没问我。您冒这么大险能得到什么快感？我来这地方并不是为寻找所谓的温柔，温柔就是细致入微、得寸进尺、逐步攻坚，就像医院里一具尸体的腐烂过程一样。我需要自己的完整与贞洁，敌意起码能保持我的完整。您生气吧，否则，我哪儿来的力气？您生气吧，这样我们才会离我们的交易更近，我们就能肯定你我在做着同一笔交易。因为，就算我明白我的快感从哪儿来，我可不明白您的快感从何而来！

商贩：

　　如果我曾片刻怀疑您不能付账，那么当您靠近我的时候，我会跟您保持距离。粗俗的商家要求顾客证明自己的支付能力，而高档商店只需猜测而无须过问，也从不会低头检查支票的金额和签字是否有效。对有些买卖的东西无须知道买主能否付账，也不管他要多久才会决定买。因此我挺有耐心，因为人们不会冒犯一个明知离开后还会返回的人。人们不能再现羞辱，而总愿重温友善。宁肯滥用友善也不轻用一次羞辱。因此我还不会生气，因为我有时间让自己不生气，也有时间让自己生气，而且我很可能会生气，不过是在这段时间过去之后。

顾客：

那么如果——假设——我承认我无聊地滥用了傲慢，就因为您求我这样，当您靠近我，怀揣着我尚猜不透的企图——因为我并不善于猜测——正因如此我还待在这儿，对吧？如果，假设我告诉您，让我待在这儿的原因是我还不敢肯定我在您的企图中的位置，还有，我从中有何利可图呢？这奇特的时刻、奇特的地方，还有您走近我的那份奇特，使得我也走近了您，保持着这种不惜一切、粗俗不堪的步态，因为除此之外您没有示范别的步态。如果是因为惰性我才走近了您呢？人的堕落大多不是一厢情愿的，而是来自他人的诱惑，就像一个王子在野外客栈被盲流们引诱，或者像孩子被黑暗、神秘吸引要偷偷地走下地窖一样，都是弱小孤单的东西被阴暗混沌的群体吸引；我就这样走近您，平静地感受着血管里我慵懒的血流的节奏，寻思着这份慵懒能否被激荡起来，抑或枯竭掉。也许是缓慢地，但却充满了希望，抛开常言的欲望，准备用他人提供的东西来满足我自己，因为不管他人给我什么，就像是一块长年搁置的农田，当种子播撒到身上时，我早已麻木无知；所以我才准备用一切来满足自己！在我们相互走近的那种奇特中，远远地，我好像感觉到您在注视着我，所以我才走近了您，我好像也注视了您，好像离您很近，还等着您给予——太多的东西

——太多的东西,不是您所猜测的,因为就连我自己都不知道,甚至都不懂如何去猜测,但我却等着您的东西,还有这欲望的味道、这欲望的想法、这货色、这价钱,还有这满足。

商贩:

夜晚忘记早晨才想起来的事情,这没什么可耻的。因为夜晚本是遗忘、混沌、欲望中烧、极其缥缈的时刻。然而清晨又将欲望凝聚成床头那厚厚的一朵云,那么夜晚预见不到次日清晨的雨是愚蠢的。所以假设此刻您对我说,由于疲惫、遗忘或欲望透支,您懒于表达,假设您会返回,那么我就对您说,别过度劳累,先借用别人的欲望吧。欲望可以被窃取但不能被创造。但是一个人的外套穿在另一个人身上同样可以保暖,而且欲望比衣服更容易被借用。既然我无论如何都要卖，您不管怎样都会买，那么，您就替别人买吧。不论哪种遍地横流的欲望，您捡起来都能促成这笔交易——比如为了取悦和满足早晨在您身旁被窝里睡醒的人，比如您年轻的未婚妻醒来时想得到您不曾拥有但却情愿奉送给她的东西。您将会很高兴的，因为您已经从我这里买到了。商贩的财富在于，有那么多不同的人订那么多次婚，用那么多不同的花样和那么多不同的物品，因为某些人的记忆会被另一些人的记忆取代。您将从我这里买的商品可以很好地适用于任何人，如果——假设——您不曾需要它。

顾客：

  规则要求一个男人遇见另一个男人时，最后总要拍拍他的肩膀跟他聊女人，规则要求那些疲劳的战士们的最后救赎是对女人的回忆；规则要求如此——你们的规则，我是不会服从的！我不想靠稀罕女人的话题来寻求我们的和解，也不想靠对任何稀罕物的回忆。那些回忆，还有那些稀罕物都让我倒胃口；相对于消化掉的食物，我更喜欢那些还没碰过的饭菜。我不想要不知出自哪里的和解，我根本就不想寻求和解。

但是，狗的眼睛里只有自以为是，它认为周围的一切都是绝对的狗。所以，您认为我们所在的世界里，您和我，我们的世界被天神的一只手紧握着，就像抓着公牛的一只犄角的末端那样；而我知道，他摇晃着，落在三条鲸鱼的背上；他根本就不是什么天神，也没什么平衡高招，只是三个任性的傻瓜魔鬼。因此我们俩的世界不是同一个，我们的奇特姿态混入我们的天性，就像是把葡萄扔进葡萄酒里。不！我不会抬脚，就站在您面前，和您站在相同的坐标上；我不用忍受与您同样的重力规则；你我不是出自同样的雌性。我不是在早晨才睡醒,也不是在被窝里才睡觉。

商贩:

您别生气,少爷,您别生气。我只是一个穷商贩,只会守在这个小地方等待卖货,只知道我母亲教给我的那点东西;但因为她几乎什么都不知道,所以我也几乎什么都不知道。但是一个好商贩会尽力说顾客想听的话,而且要猜测他的意思,少不得舔舔才能嗅出对方的味道。您独特的味道对于我来说一点儿都不熟悉,我们确实并非一母所生。但为了接近您,我料想您肯定也像我一样出自娘胎,您的母亲,像吃过大餐不停地打嗝一样,给您就像给我生了无数个兄弟。而无论如何将我们拉近的,正是我们俩这多见少怪的性格。至少,我牢牢抓着我们的共同点,因为只有在某处有个牵挂才能在沙漠里长途跋涉下去。但是如果我搞错了，如果您不是出自娘胎，也没人给您生兄弟，您并没有年轻的未婚妻在您被窝里醒来，那么，少爷，我向您道歉。

相遇的两个人除了打架别无选择，不像对敌人那样暴力，就像对兄弟那般友好。在此刻孤寂的沙漠中，如果他们最终选择回忆那些缺失的东西，如过去、梦境或思念，那么他们就不会直面太多的怪异。在神秘面前，最好敞开心扉、完全裸露，从而迫使神秘也一展无遗。回忆是人们被扒光时身上仅存的秘密武器，是以坦诚相报的最后坦诚；是终极的全裸。我自身既无荣耀也不羞愧，因为您对我来说是陌生的，且每一刻都变得更加陌生。当然，就像我刚脱下又递给您的外套，就像我伸出的让您看的没有武器的双手，如果我是狗而您是人，或者如果说我是人而您是其他的什么，不管您和我是什么物种,至少,我会在您面前展示我这东西,让您抚摸、接触和适应我,如同一个任人搜身、不隐藏自己武器的人一样。

这就是为什么,我要郑重、严肃而平静地建议您,注视我时友好些,因为人们亲近时才能做更好的交易。我并不想欺骗您,只向您索要您愿意给的东西。唯一值得献身的志同道合不需要怎么行动,而需要不行动;我建议您静止不动、拥有无限的耐心和对朋友的盲目不公。因为在互不认识的人之间没有公正,在相互认识的人之间没有友谊,正如没有峡谷哪有桥梁。我母亲常对我说,明知会下雨还拒绝拿伞就是愚笨。

顾客:

我宁愿您狡诈而不是友善。友谊比背叛更吝啬。如果我所需要的是情感,我早就会告诉您,我就会问您个价儿,早就买了它。

但是情感只能与它的同类物品交换,这是个用假钞的假交易,是穷人在假装做交易。难道人们会用一袋大米去换一袋大米吗?您没什么好提供的,所以您才把自己的情感扔到柜台上,就好比那些伪劣次品一样,货品售出概不退换,也无从抱怨。我呢,没有能偿还给您的什么情感,就这类钞票来说,我一无所有,我没想到应该带在身上,不信您可以搜身。所以,请把您的手留在口袋里,把您的妈留在家,把您的记忆留给您的孤寂,不过如此。

我从没想过得到您暗中极力在我们之间勾搭的这份亲近。我不想让您的手搭在我的胳膊上,我不想要您的上衣,我不想冒险与您融为一体。因为要知道,如果您刚才惊讶于我的穿着,那您都没想到要遮掩自己的惊讶;而当我望着您走近我时,我的惊讶至少不亚于您。但是,在陌生的地点,我这陌生人习惯性地掩盖了自己的惊讶。因为对我来说，所有的怪异都变成了本地的习俗，我必须入乡随俗，就像对待当地的气候和饮食。但是如果把您带到我的圈子里，您就成了极力掩盖惊讶的陌生人，而我们那些圈里人就会自由地炫耀着，我们把您围起来指手画脚，肯定会像看集市里的马戏杂耍，还会有人问我在哪儿买票。

您不是来这儿做交易的，您在这儿闲转是为了乞讨，是为了之后的盗窃，就像谈判之后总是爆发战争。您在这儿不是为了满足欲望！要说欲望，我有的是，那些失落在我们周围的、任人践踏的、大的、小的、复杂的、简单的，您只要弯腰就能拾起大把大把的欲望；但是您却任由它们流进地沟，因为即便是那些小的、简单的欲望，您也无法满足它们。您穷酸，您在这儿不是因为您的趣味而是因为贫穷、必然和无知。我不用在一个街角假装买些糟糕的小画，或一把破旧的吉他来展示爱心。我如果愿意可以直接去捐款，或者我买东西按价付款。但是乞丐就应该乞讨，让他们大胆伸出乞讨的手；而盗贼就应该偷盗。

我呢，我既不想辱骂您，也不想讨好您；我不想做好人也不愿做坏人；不想打人，也不愿挨打；不去勾引人，也不被人费心勾引。我想成为零！我怀疑真诚，不喜欢沾亲带故，我怕受打击，更怕来自同志的暴力。让我们成为两个圆满的零！一个和另一个互不切入、暂时平行并列、各自朝各自的方向滚动。如此，我们孤单着，因为没理由让我遇见您，就像没理由让您碰见我一样，没理由真诚、没有理性的数字事先支配我们，给我们带来价值取向——在这无边的孤寂中、在此时此地、在这不可言喻的时刻与不可界定的地点，那么，就让我们成为简朴的、孤单的、高傲的零吧!

商贩:

  但现在太迟了:一经记账就该核查盘点。偷别人不愿出让而紧锁于宝箱、在寂寞时聊以慰藉的东西是无可厚非的,但当一切都能买能卖时还去偷就是粗鲁的行为。如果拖欠别人东西暂时合适——只是暂时有效——那么给予和接受别人的免费馈赠都是下流的。我们在这里是为了做生意而不是为了打架,那就不该有失败者和胜利者。您不会像小偷那样满载而归,您忘了有狗在看门,它会咬您的屁股。

  既然您已经来到这里,来到了愤怒的人与仇恨的兽中间,只为寻找那虚无缥缈的东西,既然您为了一个我所不知的阴暗的理由来找死,那么,您得在转身离开前,付账,倾尽您的皮囊,这样您就谁也不欠了,什么也不白拿了。您可要当心商贩：被偷的商贩比被抢的物主更加心怀嫉恨；您可要当心商贩：他的话看似充满尊重、柔情、谦卑、爱意，但只是看似而已。

顾客：

那么，什么是您失去了而我并没有得到的呢？无论我怎样挖掘我的记忆，我呢，还是什么都没得到。我很愿意货到付款，但我不能对清风、对暮色、对我们之间的子虚乌有付款。如果您丢失了什么东西，如果您的财宝比您遇见我之前减少了，那么我们俩都没得到的东西跑哪儿去了？请指给我看看。不！我没感觉到什么快乐，不，我凭什么要付款。

商贩：

如果您想知道一开始您的发票上都写了

什么，您在转身背离我之前必须付什么账，那我告诉您是商家对顾客的等待、耐心以及商家向顾客提供的商品，还有销售的希望，尤其是那希望，使得每一个眼神里带着需求而接近它的人都变成了负债者。一切销售的承诺来自购买的承诺，不遵守承诺的人要支付违约金。

顾客：

　　您和我，我们不是孤零零的、独自迷失在野外的，如果我在这边呼唤，朝着高处的这面墙、朝着天空，那您就会看到有灯光亮起，会听到走近的脚步声，那是来救援的。如果单独对峙不容易，大家一起围观就会变得特别快乐。所以，您愿意攻击男人而不是女人，那是因为您惧怕女人的叫喊，您以为所有的男人都羞于叫喊；您相信自尊、虚荣和缄默。那我就把这自尊还给您。如果您想要折磨我，那我就呼唤、叫喊，我会请求救援，我会让您听到求救的所有呼喊方式，因为我熟悉每一种方式！

商贩：

如果不是逃走的耻辱阻止您，那您为什么不逃走呢？逃跑在打架中是一个狡猾的手段；您那么狡猾，您应该逃跑的。您就像是茶厅里那些肥胖的大妈，在挤过桌子时打翻了咖啡壶：您拖着自己的屁股好像在为自己的错误自责，您东躲西藏好让人们相信您的屁股并不存在。但您枉费心机，人们照样会撕咬它。

顾客：

我不属于先发制人的那种人，我需要时间；说不定我们最终应该互相挑刺而不是血腥地撕咬。我需要时间，我不愿像一只流浪狗那样意外受伤。跟我来吧,一起找伴儿去,因为孤寂令我们疲惫不堪。

商贩:

这里有个外套,当我递给您时,您没有接受,那么现在,您理应弯下腰把它捡起来。

顾客:

万一我冲什么东西吐了口唾沫,那我是一般性地吐;只是冲着一件衣服,就只是冲衣服;而如果是朝着您的方向,那不是冲着您,您不必做躲避唾沫的任何动作;而如果您因为某些嗜好、狡诈或算计做了一个动作使您迎面接了个正着,那也不能排除我的蔑视只是针对这块破布的;而一块破布是不会记仇的。不!我不会在您面前弯腰,这是不可能的,我没有那种闹肚子的软腰病,有些动作是人不能做的，比如他不能舔到自己的屁股。我不会为我不曾有过的企图付钱。

商贩：

一个人不应该允许别人侮辱自己的衣服。因为如果这个世界真正的不公平是一个人的偶然出生，在偶然的地点和时间，那么唯一的公平就是他的衣服。一个人的衣服比他自己还要重要，是他拥有的最神圣的东西：它是不受苦的；它是公正和不公正的平衡点，不应该粗暴地对待它。这就是为什么评判一个人要看他的衣着，而不是他的容貌、胳膊或皮肤。如果对一个人的出生吐唾沫还算正常，那么对他的反叛吐唾沫就是铤而走险。

顾客：

那么我建议您要讲平等。一个沾满灰尘

的上衣——我付钱买一个沾满灰尘的上衣。那就讲平等吧，平等的自大、平等的无能、同样地手无寸铁，同样地饱受严寒与酷热。您的半裸体、您的一半耻辱，我用我的那一半偿还您。我们俩都还剩下另一半，这就足以让我们大胆地对视，以便忘记我们俩由于疏忽、危险、希望、消遣或巧合而造成的迷失。而我呢，还多剩了一份持续的担忧，就是我还什么都没有付出，却已经得到了。

商贩：

　　为什么，在夜晚的这个时刻，您抽象地、无从触摸地要那个东西，为什么，您本想问另一个人要的，为什么您不问我要它呢？

顾客：

　　您得警惕顾客：他好像要找这个东西，

其实他要另一个,而商家根本没怀疑;最终他竟然得到了他想要的。

商贩:

如果您逃走,我会追您;如果您被我打倒了,我会待在您身边直到您苏醒。而且如果您决定不再醒来的话,我会守在您身边,在您的睡梦中,在您的潜意识里,超越您的感知。但是,我并不希望与您打架。

顾客:

我不害怕打架,但我怀疑那些我不懂的规则。

商贩:

没有规则,只有手段,只有武器。

顾客：

您试图打中我，您做不到！您试图伤害我：当血液四溅时，那会是我们俩的；不可避免地，鲜血将我们结合在一起，就像篝火边的两个印第安人，在一群野兽中间滴血为盟。没有爱，没有爱。不！您无法伤害那已经被伤害的人。因为人是先定死后定生，他穷其一生就是在寻求终结。最后，在阴阳交会的巧合途中，他说：噢，原来如此。

商贩：

对不起，在这夜晚的嘈杂声中，您没说什么您渴望我听到、而我却没听到的吧？

顾客：

我什么也没说，我什么也没说。而您，在这昏暗的、需要时间来适应的夜色下，除了我没猜测到的之外,您什么也没提议吧?

商贩:

什么都没。

顾客:

那么,什么武器?

[剧终]

译者简介

宁春艳

导演、编剧、翻译

作为"东方学者"(上海高校特聘教授),2015年入职上海戏剧学院。曾先后任教于巴黎新索邦大学(2000—2004)和中国传媒大学(2005—2010),1996年获法国文化部博马舍剧作基金。2001年在尼斯大剧院和戛纳电影节大殿创作演出大型现代歌剧《牡丹亭外传》(集编、导、演于一身)。2005年被法国政府选为中法文化年特别戏剧顾问,应邀于中央歌剧院执导歌剧《霍夫曼的故事》,还在中国国家话剧院执导法国名剧《犀牛》

(2006年)和《打造蓝色》(2012年)。

2006年起,以笔名宁春翻译出版了二十多部法国戏剧,这些译作皆被收入译者策划主编的"法国当代经典戏剧名作系列"和"法国古典戏剧名作系列"丛书,其中有莫里哀的《唐璜》、诺瓦里纳的《倒数第二个人》等。2012年、2018年两次获法国国家图书中心CNL翻译基金。2008年春在北京发起"法国戏剧荟萃"活动,2008—2012年连续五年推出多部法国戏剧,其中有译者翻译执导的法国当代名剧《无动物戏剧》(里博编剧)、《森林正前夜》(科尔泰斯编剧)等,也有译者执导的中国当代剧作《青蛙》(过士行编剧)。译者还多次举办大师工作坊、戏剧研讨会、新剧本朗读会等,并邀请多个法国剧团和导演到中国创作、巡演。

2016年1月译者将法国18世纪喜剧大师马里沃的《虚假秘密》首次翻译成中文,并在上戏剧院推出中文版全球首演。2017年1月译者将法国名著《小王子》改编成音乐剧搬上舞台,还执导了上海歌剧院原创歌剧《风在哪一个方向吹——诗情志摩》

(作曲李瑞祥、主演廖昌永)。2017年5月应邀在上海歌剧院的由国际班底制作的《军中女郎》经典歌剧中担任重要角色；与国际著名导演蒙塔冯及德国、意大利著名歌唱家在上海大剧院同台用法语演出。

译者毕业于中央戏剧学院表演系，随后留学法国巴黎国立高等戏剧学院导演专业，并获得巴黎新索邦大学硕士和巴黎第八大学戏剧博士学位。回国前曾在法国多所大学任教，长年坚持创作实践与理论研究，研究方向包括当代戏剧导演表演研究、中西方跨文化戏剧比较等。译者曾多次应邀参加国际研讨会并做学术发言，在法国和中国的戏剧核心杂志上发表过多篇学术论文，还曾应邀至国内外多所大学/机构（北京大学、中央戏剧学院、中国戏曲学院、上海师范大学、西南交通大学、美国田纳西州大学、法国阿维尼翁戏剧节、韩国首尔国立综合艺术大学等）讲学。译者是法国作曲家和剧作家协会（SACD）屈指可数的华裔成员，其成就是旅法华人的骄傲，曾被法国媒体及中央电视台法语频道报道。2017年12月《中华英才》杂志也对译者做了专访报道。2018年7月,译者的法语书稿获得"国家丝路书香工程——外国人写作中国计划"荣誉证书(中国文化对外翻译与传播研究中心颁)。2019年1月,译者作为法国CIRASS舞台艺术国际研究中心常任学术委员,在法国高教部巴黎人类科学之家举办专场学术讲座,引起西方学界极大关注。

《孤寂在棉田》中国首演演出海报

《孤寂在棉田》中国首演(北京)剧照
孙德元饰演顾客,Régis Maynard 饰演商贩

《孤寂在棉田》中国首演(北京)剧照
孙德元饰演顾客,Régis Maynard 饰演商贩

《孤寂在棉田》中国首演（北京）剧照
孙德元饰演顾客，Régis Maynard 饰演商贩

《孤寂在棉田》中国首演（北京）剧照
孙德元饰演顾客，Régis Maynard 饰演商贩

《孤寂在棉田》中国首演（北京）剧照
孙德元饰演顾客，Régis Maynard 饰演商贩

《孤寂在棉田》中国首演后的谢幕

《孤寂在棉田》剧组部分人员和前来观剧的法国朋友在北京蓬蒿剧场 2012 年 5 月

法国阿维尼翁市厅剧团《孤寂在棉田》2017 年 7 月演出剧照①

---

① 导演、舞美 Alain Timar（蒂玛），Robert Bouvier 饰演顾客，Paul Camus 饰演商贩，图片摄影© Giona Mottura。

法国阿维尼翁市厅剧团《孤寂在棉田》2017年7月演出剧照

法国阿维尼翁市厅剧团《孤寂在棉田》2017年7月演出剧照①

---

① 导演、舞美 Alain Timar（蒂玛），Robert Bouvier 饰演顾客，Paul Camus 饰演商贩，图片摄影© Giona Mottura。

法国阿维尼翁市厅剧团《孤寂在棉田》2017年7月演出剧照

法国阿维尼翁市厅剧团《孤寂在棉田》2017年7月演出剧照①

---

① 导演、舞美 Alain Timar（蒂玛），Robert Bouvier 饰演顾客，Paul Camus 饰演商贩，图片摄影© Giona Mottura。

《孤寂在棉田》1988年7月阿维尼翁戏剧节的演出剧照①
导演谢侯 Patrice Chéreau 饰演商贩，Laurent Malet 饰演顾客

《孤寂在棉田》1988年7月阿维尼翁戏剧节的演出剧照
导演谢侯 Patrice Chéreau 饰演商贩，Laurent Malet 饰演顾客

---

① 感谢图片摄影© Guy Delahaye。

《孤寂在棉田》1988 年 7 月阿维尼翁戏剧节的演出剧照①
导演谢侯 Patrice Chéreau 饰演商贩，Laurent Malet 饰演顾客

---

① 感谢图片摄影© Guy Delahaye。

《孤寂在棉田》1988年7月阿维尼翁戏剧节的演出剧照①
导演谢侯 Patrice Chéreau 饰演商贩，Laurent Malet 饰演顾客

---

① 感谢图片摄影© Guy Delahaye。